カフカ俳句

フランツ・カフカ
頭木弘樹 編訳

中央公論新社

はじめに

あえて俳句として味わってみる

カフカの短い言葉は、俳句のようだなあ。

私は以前から、そんなふうに思っていました。

たとえば「鳥籠《とりかご》が鳥を探しにいった」というような言葉です。創作ノートの中に、ただ一行、こう書いてあります。

もちろん五・七・五になっているわけではありませんし、季語もありません。

でも、自由律の俳句として味わうこともできるのではないかと。
自由律とは、五・七・五でなくてもいいし、季語がなくてもいい俳句のことです。
自由律の俳人には種田山頭火《たねださんとうか》や尾崎放哉《おざきほうさい》などがいます。

まっすぐな道でさみしい　山頭火
咳《せき》をしても一人　尾崎放哉

などの俳句は耳にしたことのある人も多いでしょう。
山頭火には、

おとはしぐれか

という、たった七文字の句もあります。
おそろしく短いですが、味わい深いです。

小説なら、七文字くらいは、あっという間に読み飛ばしてしまいます。しかし、俳句の場合は、短い言葉をじっくり味わいます。そうすることで、そこに大きな世界が感じられてきます。それが俳句の面白さだなあと思うのです。

そういう俳句の味わい方を、俳句ではない言葉に対してやってみると、それもまた面白いのではないでしょうか？

カフカはそれにぴったりだと思うのです。

というのも、カフカの作品の多くは未完で、断片です。断片的であることは、カフカの場合、決して欠点ではありません。むしろ、美点です。

「いかに小さな断片も、それ自体ですでに一個の完結性をもってしまっている」

「いかに細かくそれを打ち砕いてみても、その破片それ自体ですでに完璧である」

と三原弟平《みはらおとひら》は書いています（『カフカとサーカス』白水社）。

その破片を、「俳句」として、じっくり味わってみようと思うのです。

そうすることで、さらに輝きを増すカフカの魅力があると思うのです。

カフカと俳句の両方を知っていないとわからない、という本ではありません。むしろ、その逆です。

まだカフカを読んだことのない人に、最初のカフカの本として気軽に手にとっていただけたらと願っています。

また、「俳句って難しそうだな」と、なんとなくとっつきにくく感じている人にも、ぜひ手にとっていただけたらと願っています。

そして、これをきっかけに、カフカにも俳句にも興味を持っていただけたらと。

カフェオレは、コーヒーだけでは苦すぎる人にも、牛乳だけではお腹をこわす人にも飲みやすいです。本書も、カフカと俳句を混ぜることで、一方だけより読みやすい本になっているといいなあと思っています。


なお、カフカは自分の本を出すときに、出版社にこんなふうに頼んでいます。

「可能な限り、最大の活字でお願いします」

「小説というよりも詩のようなもので、そういう効果を出すためには、物語のまわりにそうとうゆったりした空間が必要なのです」

その希望になるべくそって、本書でも、カフカの言葉は大きな活字にして、周囲にゆったりした空間をとるようにしてみました。

短い言葉たちのひとつひとつに、大きな広がり、小宇宙を感じとっていただけましたら幸いです。

頭木弘樹

フランツ・カフカ　Franz Kafka

1883年7月3日、ボヘミア王国（現在のチェコ）の首都プラハで、ユダヤ人の商人の息子として生まれる（同じ年、日本では志賀直哉が生まれている）。

大学で法律を学び、半官半民の労働者災害保険局に勤めて、サラリーマン生活を送りながら、ドイツ語で小説を書いた。いくつかの作品を新聞や雑誌に発表し、『変身』などの単行本を数冊出すが、生前はリルケなどごく一部の作家にしか評価されず、ほとんど無名だった（『変身』が出版された1915年、日本では芥川龍之介の『羅生門』が雑誌に掲載された）。三つの長編『アメリカ（失踪者）』、『審判（訴訟）』（夏目漱石の『こころ』と同じ頃に書かれた）、『城』のほか、たくさんの短編や断片、日記や手紙などは、すべて遺稿で、カフカはその焼却を遺言した。

三度婚約するが、三度婚約解消し、生涯独身で、子どももなかった。

1924年6月3日、41歳の誕生日の1カ月前、結核で死亡（同じ年、日本では安部公房が生まれている）。今では20世紀最高の小説家のひとりと評価されている。

本書について

・カフカの言葉をあえて「句」と呼んでいます。カフカの言葉を俳句に見立てるという趣旨だからです。

・カフカの言葉を俳句っぽく訳すということはしていません（たとえば五・七・五にするとか）。ありのままのカフカの言葉を、あえて俳句として味わってみるという趣向だからです。

・解説は、たんに説明ということではなく、カフカのことを書いたり、自分（頭木）のことを書いたり、かなり自由な内容になっています。読者の方にも、カフカに興味を持ったり、自分に重ね合わせて読んだり、自由に読んでいただきたいので、そのひとつのサンプルのつもりです。

・カフカがどういうつもりで書いたかを説明しているところもありますが、カフカの意図にこだわらず、勝手な読み方をしているところもあります。俳句は、作者の意図を超えて、ひとりひとりの読者のなかで広がっていくものだと思うからです。

・人間一般については「わたし」、頭木については「私」と書き分けています。

装幀　櫻井久
装画・挿絵　髙橋あゆみ

カフカ俳句

鳥《とり》籠《かご》が鳥を探しにいった

（八つ折り判ノートG）

不思議な句だ。

でも、こういうこともあるのではないだろうか？

私は、自分のことのようだと思った。病気になって、健康という鳥が逃げてしまった私は、鳥のいない鳥籠となって、もうつかまえようのない鳥をずっと探している。

あなたも、何か肝心なものを失って、自分が鳥のいない鳥籠になった気がしたことはないだろうか？

もちろん、他にも何百通り、何千通りの、そういう勝手で切実な読み方ができるだろう。それが断片の魅力だ。

絶望し恐怖にふるえている太陽

（八つ折り判ノートH）

生命の根源であり、さまざまな宗教で神とあがめられる太陽を、こんなふうに表現しているのは、珍しいのではないだろうか。

「絶望」と「太陽」の組み合わせは、とても斬新だ。

太陽を詠《よ》んだ俳句で印象的なものとしては、寺山修司のデビュー作『チエホフ祭』のエピグラフがある。

青い種子は太陽の中にある　ジュリアン・ソレル

「ジュリアン・ソレル」とは、スタンダールの小説『赤と黒』の主人公ジュリアン・ソレルのこと。ジュリアン・ソレルの言葉を引用したかのように見えるが、じつは『赤と黒』にこんな言葉はない。「ジュリアン・ソレル」まで含めて創作で、山頭火風の俳句なのだと寺山修司は語っている。

まっすぐに立つ不安

（フェリーツェへの手紙　1915年3月3日）

「おどろくべき言葉」と、ノーベル文学賞作家のエリアス・カネッティは書いている（『もう一つの審判』小松太郎、竹内豊治訳　法政大学出版局）。カネッティでなくても、驚くだろう。まっすぐ立てない不安ならわかるが、まっすぐ立つことにどんな不安があるのか？

動物はまっすぐに立ち上がらないが、人間はまっすぐに立ち上がる。しかし、人間も立ち上がれないときがある。カフカは恋人のフェリーツェへの手紙で「いちばんうまくできるのは、倒れたままでいることです」とも書いている。

そして、カフカは動物物語をたくさん書いている。もぐらやねずみなどの小動物が主人公だ。カフカはいつも、小さくて弱い者の視点から、世の中を見ている。

私は入院しているとき、自分を「横の人」と感じ、周囲に立っている医師や看護師やお見舞いの人を「縦の人」と感じ、別の世界に属しているように思えた。

ヴァージニア・ウルフも『病気になるということ』の中で「直立人」「横臥者《おうが》」という分け方をしているそうだ（小川公代『ケアの倫理とエンパワメント』講談社）。

カフカは病気になる前から、「横の人」「横臥者」だ。そちら側にいてくれる。力強く立ち上がることを拒否し、まっすぐ立つことにむしろ不安さえ感じている。

深《しん》淵《えん》の上に横たわっている

（『橋』）

これは『橋』という短編小説の一節。主人公は橋だ。「わたしは橋だ」と語り始める。橋が主人公という小説はそうそうないと思う。

橋だから、深い谷の上で横になっているのだ。下には川が流れている。

しかし、深淵の上に横たわっているのは、はたして橋だけだろうか？

人は深淵の上に横たわってはいないだろうか？

あなたは深淵の上に横たわってはいないだろうか？

この短編小説では、最後に橋は深淵の底に向かって崩れ落ちていき、川の中の尖《とが》った石に刺しつらぬかれてしまう。

ニーチェの「深淵をのぞくとき、深淵もまたこちらをのぞいているのだ」（『善悪の彼岸』）という言葉も思い出される。

夕方、森へ。月が満ちている

（八つ折り判ノートG）

自然を詠んでいて、まさに俳句のよう。

ロシアの映画監督のアンドレイ・タルコフスキー（代表作に『惑星ソラリス』『ストーカー』『ノスタルジア』など）が、日本の俳句をいくつかロシア語に訳していて、それがなかなかいい。あらためて日本語に訳されているのだが、こんな感じだ（『映像のポエジア』鴻英良訳　ちくま学芸文庫）。

波間の釣竿
岸辺にかすかに触れた
満月。

「三つの別々の要素が結合し、新しい性質を獲得する（中略）この原理は（中略）まさしく発句《ほっく》のものなのだ。（中略）生きたイメージを感じとることができる」とタルコフスキーは書いている。このカフカの句でも、「夕方」「森」「月（満月）」という三つの要素が結合していて、生きたイメージを感じとることができる。

太陽のそばで太陽よりもまぶしく
ひとつの星が輝いている

（八つ折り判ノートG）

太陽よりまぶしい星が太陽のそばにあるなんて、どこの太陽系の話かと思ってしまうが、カフカにはこういうSF的な発想の句もけっこうある。

もちろん、「太陽」を比喩と考えれば、さまざまな意味に受けとめることができる。まぶしいものの代表である太陽のそばで、もっとまぶしく光るひとつの星。しかし、そのまま、実際にそんな星があったらと、その光景を想像してみるのも面白い。

ちなみに、太陽より明るい星は、宇宙の中にはもちろんたくさんある。たとえばLBV 1806-20という星は、太陽の２００万倍の明るさだそうだ。ただし、地球から２万８０００光年かなたにあるので、目には見えない。

ずっとベッドのなか。拒絶

（八つ折り判ノートG）

何かがいやになったとき、あるいは何もかもがいやになったとき、人はベッドから出たくなくなるものだ。

ベッドから起き上がるというのは、それだけでも、現実への参加だ。現実を拒絶したいとき、受け入れられないときには、ベッドの中で横になって、ふとんをかぶって、まるくなって、じっとしていたくなる。目をつぶって、目の前のものだけでなく、現実全体を見ないようにしたくなる。

そのことをこれほどシンプルに表現している言葉はなかなかないと思う。この短さが、俳句的ではないだろうか。

おまえは宿題。生徒はどこにもいない

（八つ折り判ノートG）

「あなたはどんな人ですか？」と問われれば、答えに詰まる人が多いだろう。うまく説明できるものではない。人間は謎だ。他人にとってはもちろん、自分にとっても。

だから、「おまえは宿題」ということなのだろう。先に出てきた「わたしは橋だ」以上に意外ではあるが。

つづく「生徒はどこにもいない」というのは、宿題を解いてくれる生徒はどこにもいないということだ。宿題なのに、解いてくれる人がいないのだ。宿題にとって、こんなさびしいことがあるだろうか。解いてくれる人がいなくて、宿題と言えるのかどうか。

でも、わたしという謎を、人間という謎を、解いてくれる人はどこかにいるのだろうか？　どこにもいないから、人間は孤独で、わたしは孤独なのかもしれない。

世間に逃げこむ

（八つ折り判ノートG）

「世間から逃げる」ということは、よくある。蒸発するとか、隠遁《いんとん》するとか。世間をわずらわしく思う気持ちは、誰にもいくらかあるだろう。

でも、逆に「世間に逃げこむ」とは、どういうことだろう？　カフカは、そういうときだけは「世間を喜ぶことができる」と言っている。

カフカはひきこもり傾向の強かった人で、地下室でひとりで暮らしたいと書いているほどだ。そういう人が、世間に逃げこんで、世間を喜ぶとは、どういう状況なのか？

冷えすぎた部屋で体の芯まで凍《こご》えたときには、酷暑の外が心地よく感じられることもあるように、ひとりでいすぎて、孤独が身にしみて痛いほどだったり、いろんな考えで頭がいっぱいになっていたたまれなくなったりしたときには、世間に逃げこむほうが、かえってほっとできるということだろうか？

正直、はっきりと意味はわからないが、きっと「わかる！」という人もいるだろう。

最後の息

（八つ折り判ノートG）

最初の「おぎゃー」という呼吸。そこから人間は、ずっと呼吸をつづけていく。息をとめることはできるが、それも数分程度だ（ギネスの世界記録によると、24分37秒もとめていた人がいたそうだが）。

食事は一日三度でも足りるが、呼吸はそうはいかない。365日24時間、絶え間なく息をしている。

そうやって一生、ずっと呼吸をしつづける。

考えてみれば、不思議なことにも、すごいことにも、おかしなことにも思えてくる。

そして、いつか息がとまる。死ぬときだ。

とまる前の「最後の息」、それは最後の生であり、死の最初のしるしだ。

カフカは「最後の息」を、息絶えることを、願う。

私は「最後の息」という言葉に、むしろ生を感じる。生きていたい、息をしたいと思う。

あなたは「最後の息」という言葉に、生を感じるだろうか、死を感じるだろうか？

すべてがつらく、不当だが、これでいい

（八つ折り判ノートG）

カフカはフェリーツェという女性と、二度婚約し、二度婚約解消した。

その二度目の婚約解消のあと、最後に二人は会った。1917年のクリスマスのことだ。その後、二人はもう二度と会うことはなかった。

そのときに書いたのが、この句だ。

カフカは妹への手紙にこう書いている。「彼女との最後の朝、ぼくは泣いたよ。子どもの頃から今までに流した涙より、もっとたくさんの涙が出たよ」

カフカはなぜ同じ女性と二度婚約し、二度婚約解消したのか。カフカには結婚願望があった。しかし一方で、結婚への不安も大きかった。そのため、結婚したがるのだが、いざ結婚が目前となると、やめたくなり、やめるとまた結婚したくなり、でも結婚が現実になると無理に思え……。そうやって永遠に迷いつづけた。

カフカはフェリーツェと別れたかったわけではない。だから「つらい」し、別れは「不当」なことだ。しかし、フェリーツェをこれ以上、ふり回すこともできない。自分とは別れるほうが彼女のためだ。だから、「これでいい」のだ。

「すべてがつらく、不当だが、これでいい」と思ったこと、あなたもあるだろうか？

黒い水をかき分けて泳ぐ

（創作ノート　１９２０年８月／12月）

「ぼくがどの方角に向きを変えても、真っ黒な波が打ち寄せてくる」という言葉も、カフカの日記にある。

この「真っ黒な波」というのは、絶望を表しているようだ。

「どの方角に向きを変えても、真っ黒な波が打ち寄せてくる」という絶望的な状況で、カフカはどうするのか？

どうやら、「黒い水をかき分けて泳ぐ」ようだ。たしかに、そうするしかないだろう。「どの方角に向きを変えても」なのだから、希望のありそうなほうに進むわけにもいかない。生きていくためには、「黒い水をかき分けて」いくしかない。

私はカフカのこういうところが好きだ。安易に希望を語らない。光のほうに向かっていくとか、いつか明かりがとか言わない。「どの方角に向きを変えても、真っ黒な波が打ち寄せてくる」し、「黒い水をかき分けて泳ぐ」しかない。

多くの人は、どう立ち直るか、という話しかしない。しかし、カフカは絶望したままどう生きていくかを語ってくれる。立ち直れない人間には、本当にありがたい存在だ。

ありとあらゆる理由から泣いた

（『断食芸人』ノート１９１５年／１９２２年）

泣くとき、理由はひとつのこともある。

たとえば、ひざをすりむいた子どもが泣いていたとする。

泣いているのは、こけてひざをすりむいて、それが痛いというだけの理由かもしれない。

でも、こけたのは、気持ちがうつろになっていたからで、それは友達とケンカしたからだったかもしれない。

友達とケンカしたのは、その友達に親の悪口を言われたからかもしれない。

でも、人から親の悪口を言われるのはいやでも、本当は自分も親とうまくいっていないのかもしれない。

家しか帰るところはないけど、帰りたくないのかもしれない。

泣き出したきっかけは、こけたショックと、傷の痛みだったかもしれないが、泣き出してみると、そこにはさまざまな理由があって、自分でもどの理由で泣いているのか、よくわからないかもしれない。ただ、悲しみだけがどんどんわいてくるかもしれない。悲しみのもとは、たくさん、とてもたくさんあるのだから。

独房の壁との闘い。勝敗つかず

（『断食芸人』ノート　1915年／1922年）

部屋にひとりでこもっていると、壁をじっと見つめて、あれこれ思うことになる。悩んで、壁に頭を打ちつける人もいるかもしれない、壁を殴る人もいるかもしれない。

壁との闘いだ。

しかし、決着はつかない。壁に向かってはいるが、けっきょく自分との闘いなのだから。

わたしたちはバベルの穴を掘っている

（『ある犬の研究』ノート　1922年10月）

「バベルの塔」というのは、旧約聖書の「創世記」の中に登場する巨大な塔だ。天にまで届く高い塔を造ろうとして、神の怒りにふれて、作りかけのままで終わってしまう。

では、「バベルの穴」とは何か？　そんな言葉は存在しない。カフカの創作だ。バベルの塔はどこまでも高い塔なのだから、バベルの穴はどこまでも深い穴ということだろう。

どこまでも穴を掘りつづけると、どうなるのか？　天ではなく地獄に通じるのか。それとも自分たちの墓穴になるのか。

カフカはバベルの塔のイメージに魅せられている。いろいろな作品に出てくる。『市の紋章』という短編小説では、バベルの塔の建設そのものをテーマにしている。

カフカの作品の多くは未完だ。『アメリカ（失踪者）』、『審判（訴訟）』、『城』という三つの長編もすべて未完だ。永遠の未完成というのは、カフカ自身の特徴でもある。だからきっと、永遠に建設途中のバベルの塔にもひきつけられるのだろう。

溺《おぼ》れた者として救いを夢見ている

（『ある犬の研究』ノート　１９２２年10月）

「溺れる者は藁《わら》をもつかむ」と言うが、たとえ藁がなくても、もっと頼りないもの
でも、あるいは存在しないものさえ、つかもうとしてしまうだろう。
なぜなら、助かりたいからだ。
追いつめられた者は、救いを夢見てしまう。
もう溺れてしまったとしても、救いの夢は見つづけるだろう。

可能性が息絶える

（『ある犬の研究』ノート　1922年10月）

「可能性が少ない」とか「可能性がない」というのならまだしも、「可能性が息絶える」という言い方は、すごい。

可能性はきっと少しはあったのだろう。しかし、窒息してしまったのだ。

この句には前後はない。ただ、ノートに一行、これだけが書いてある。

森のなかで薬草を探す

（断片　1922年8月）

森のなかには、薬草もある。毒草もあるだろう。食べられる草もあるだろうし、食べられない草もあるだろう。

しかし、区別がつかない者にとっては、ひっくるめて、ただの草でしかない。

もし人生も森のようなものだとしたら、果たしてちゃんと薬草を探せるだろうか？

ドアがぱっと開き、
家のなかに世界があらわれる

（『夫婦』ノート　１９２２年10月／11月）

なんだか、『ドラえもん』の「どこでもドア」か、ルネ・マグリットの絵のようだが、べつにドアの向こうが別世界でなくても、ドアを開けたら外の風景が見えるという、ただそれだけのことでも、あらためてイメージしてみると、そこには何か驚きがある。

家のなかに世界があらわれるのだ。

私はかなり長期間、ひきこもり生活をしていたが、そういうときには、ドアを開けるというのは、別の世界への扉を開けるような感じがしたし、外に一歩出るのも大冒険で、頭の上に空があることに驚いたりした。

毎日、家のドアを出入りしていれば、今さら驚きもないかもしれないが、次に家を出るときには、外の世界があらわれたと感じてみてほしい。家に戻ってドアを開けたときには、世界のなかに部屋があらわれたと感じてみてほしい。

旅、わたしは知らない

（黒い小型ノート　１９２３年）

ただこれだけの文で、前後はないので、意味がはっきりしないが、「旅というものをわたしは知らない」という意味だと思われる。

たんに「旅をしたことがない」という意味ではないだろう。

ちなみに、カフカはあちこち旅行をしている。若く健康なときから、サナトリウムめぐりをしたり、行き先はちょっと変わっているが。

旅とは、どういうものだろう。まだ見たことのないものを見たり、したことのないことをしたり、自分の知らない世界と出合って、驚くことだろうか。その結果、自分が変化して帰ってくることだろうか。

旅をしたという手ごたえを、カフカは得られなかったのかもしれない。

どういうとき、「旅、わたしは知っている」と言えるのだろうか？

わずかな光が言葉を通して洩《も》れてくる

（青い学習ノート　１９２３年／１９２４年）

この言葉は、二つの意味に解釈できる（もっとたくさんできるかもしれないが）。

ひとつは、言葉にできるのはわずかなことだけという意味。たとえば、食べ物のおいしさにしたって、こちらが食べたことのないものについては、いくら言葉で説明されても、少しは見当がつくくらいで、本当にはわからない。

もうひとつは、言葉を通して、必ず伝わってくるものがあるという意味。たとえば、相手が自分の気持ちをうまく言葉にできなかったとしても、それでも、ちらちらと光が洩れてくるように、何かこちらの心に伝わってくるものがあったりする。

どちらの意味にとるかで、ずいぶん印象がちがってくる。でも、否定的か肯定的かというだけで、けっきょく同じことかもしれない。

言葉ですべてを伝えることはできない。でも、少しは伝えることができる。真実と呼べるようなことさえ。

あらゆる言葉が
足もとに飛んでくる棒になる

（フェリーツェへの手紙　1916年10月19日）

日記にも出てくる句。

自分の人生の道を進んで行くとき、周囲の人たちからいろんなことを言われる。そうすると、自分もいろんなことを思ってしまう。それらが、足もとに飛んでくる棒となる。

足もとに棒が飛んでくれば、当然、ひっかかって、つまずいたり、こけそうになったり、こけたりしてしまう。ケガをしたり、こわくなったりして、もう進めなくなってしまうかもしれない。

そんな棒が飛んでこなければ、どんどん勢いよく進んでいけたかもしれないのに。

でも、棒を気にするなと言われても、そうはいかない。

そういう気持ちになったことのある人も、少なくないだろう。

道は遠く、
力は小さく

（フェリーツェへの手紙　1916年10月19日）

日記にも出てくる句。

道は長く、遠く、はるかだが、それを歩いていく力は小さく、弱い。

「ゴールは近いぞ、元気を出せ」の真逆の言葉だが、私のように力のない人間はこの句をよく思い出す。そして、かえってなぐさめられる。

そうだよなあ、「道は遠く、力は小さく」だよなあと。

あなたはなぜ願うのだ

（八つ折り判ノートE）

私はいつも何かを願っている気がする。

具体的なこともいろいろ願っているが、それだけでなく、もっとばくぜんとした、何かを願っている気がする。

「幸福」とか、そんなふうに言ってしまうと、どうも少しちがう気がする。もっと言葉にできない何かだ。

「希望」というほどはっきりしたものではない。ただ、願っているのだ。

他の人もきっとそうだと思うのだけど、どうだろう?

この文も、ただポツンとこう書いてあるだけで、前後の文はない。カフカがどういうつもりで書いたのか、本当のところはわからない。

朝、枕にため息をつく

（日記 1911年10月2日）

もう朝から、ため息をついている。

一日の始まりで、すべてはこれからなのに、もうため息をついている。

この文のあとには「今夜のための希望はすべて消えてしまったのだから」とつづく。

もう朝には、今夜のための希望もすべて消えてしまっているのだ。

こういうところが、とてもカフカらしい。

カフカには「朝の希望は、午後には埋葬《まいそう》されている」という言葉もあるが（『絶望名人カフカ×希望名人ゲーテ』拙編訳　草思社文庫）、「朝、枕にため息をつく」のほうが、朝の希望さえないから、さらにすごい。

わたしの心臓のなかで
ぐるぐる回っているナイフ

（日記　1911年11月2日）

もちろん、本当に心臓のなかでナイフが回っているわけではなく、そんな空想をカフカはしてみるのだ。

ひやひやするような、こわい空想だが、カフカはそういう空想をして「楽しんだ」そうだ。

なぜ、こんな空想で楽しめるのか？　自殺願望ということなのか、それともすれすれで大丈夫というのを楽しんでいるのか。

高いビルの屋上の端っこに立っているところを想像すると、落ち着くという人もいた。飛びおりる前の状態ということだ。でも、空想だし、本当に飛びおりるわけではない。自殺の空想で、かえって少し落ち着ける人もいるようだ。

カフカもそういうことなのかもしれない。

いずれにしても、とても印象的なイメージだ。

体の真ん中に毛糸玉がある感じ

（日記　1911年11月3日）

「体の真ん中に毛糸玉がある」というのは、いったいどんな「感じ」なのだろう?
体の端から毛糸が出ていて、ひっぱると、どんどんほどけていくのだそうだ。

何事も永遠に続くように起きる

（日記　１９１２年１月２日）

自分にとっては、ということだ。

自分にとっては、「何事も永遠に続くように起きる」。

たとえば、何かがうまくいかなかったら、それはそのときだけうまくいかなかったのではなく、もう永遠にうまくいかないのだ。

そんなふうにカフカは感じる。

極端すぎるように思うかもしれないが、たとえば、好きな人にふられると、もう自分は誰からも愛されることはないのではと、そんな不安な気持ちになったりしないだろうか。

繊細な人にとっては、ひとつの出来事が、自分の未来をつらぬくように思えてしまうものだ。

会話はわたしのせいで絶望的なものに

（日記　1912年1月7日）

会話はキャッチボールと言ったりするが、それなら、一方がうまく受けとめられなかったり投げられなかったりしたら成り立たない。自分のせいで、気持ちのいいキャッチボールにならず、グローブの音は響かず、ボールは地面を転がりどこかに行ってしまうのはつらいものだ。

最近、私は「オープンダイアローグ」という、ルールがあれこれ定められている対話の方法を体験してみた。対話にルールがあるのは、しゃべりにくいだろうと思っていたら、ぜんぜん逆だった。ルールがあるほうが、ずっとしゃべりやすい。それで気がついたのは、日常の会話というのは、じつは無法地帯であり、とても難しく、とても危険だということだ。スポーツでルールがないようなものだ。

いや、じつは日常会話のほうが、暗黙のうちに定められた、じつにたくさんのルールがあるとも言える。「近いうちに遊びに来てください」と言われたとき、「ご住所は？」と聞いてはいけないのだ。「ぜひうかがいます」と流さないといけない。

日常会話、とくに雑談が苦手という人がいるのも無理はない。

カフカもまた、人間関係、日常会話が苦手だった。

どうもこの世界の勝手がわからない

（日記　1912年2月28日）

知らない土地に初めて行くと、いろいろ勝手がちがって戸惑うことがある。たとえば、左側通行に慣れている人が、右側通行の国に行くと、しばらくは運転がしづらい。

しかし、カフカのように、プラハで生まれて、プラハで育って、ずっとプラハにいたような人でも、どう生きたらいいのか、ずっと戸惑いつづける場合がある。

その土地に慣れないどころか、この世界に慣れることができないのだ。まるでパラレルワールドからやってきたように、この世界の勝手がわからない。

「おまえは現実がわかっていない」と他人に説教をするような、この世界の勝手を知りつくした気になっている人もいるが、その対極には、カフカのような人もいる。

弱いテンポ、乏《とぼ》しい血液

（日記 1912年5月25日）

「弱いテンポ」というのは、おそらく脈のことだろう。

私は貧血なので、「乏しい血液」のつらさはよくわかる。

生きる力が弱いということだ。

たっぷりの血を、強い心臓で、全身に勢いよく流してみたいものだ。

カフカには「こんな身体では何ひとつ成功しない。（中略）このところ刺すような痛みをたびたび感じる心臓が、どうしたらこの足の先まで血を押し流すことができるだろう」という言葉もある（『絶望名人カフカの人生論』拙編訳　新潮文庫）。

ただ以前と同じように
不幸なだけだとしたら

（日記 1912年8月20日）

親友のマックス・ブロートの尽力で、カフカが初めて本を出せることになったときの句だ。それは嬉しいことでもあったはずだが、カフカは大いにためらう。そして、出版社の社長に「出版していただくよりも、原稿を送り返していただくほうが、あなたにずっと感謝することになります」とまで言う。

そして、さらに日記に、出版社が原稿を送り返してきて、自分がその原稿をしまいこんで、何事も起こらなかったことにして、「ただ以前と同じように不幸なだけだとしたら」どうだろう？　と書いている。

太宰治の『人間失格』に、こういう言葉がある。「弱虫は、幸福をさえおそれるものです。綿で怪我《けが》をするんです。幸福に傷つけられる事もあるんです」

カフカが「ただ以前と同じように不幸なだけ」の状態を願ってしまうのも、そういうことなのだろうか。

なお、この本は『観察』というタイトルで出版された。カフカの知人によると、近所の書店で11冊売れ、カフカは「10冊はぼくの買ったもの。11冊目の持ち主が誰なのか知りたいですね」と言って微笑んでいたそうだ。

からだ中に錠前がついているような気が

（日記 1912年8月30日）

「からだ中に錠前がついている」というのが、どういう気分なのか、ちょっと想像がつかない。

わかるなあという人もいるだろうか？

「からだ」と「錠前」という、本来は結びつかないものを結びつけて、新しいイメージを生み出している、前衛的な俳句のような感じもすると思うのだが、どうだろう。

山のなかで迷ってる羊か、
その羊のあとを追う羊のようなもの

（日記　1913年11月19日）

「山のなかで迷ってる羊」のようなだけでも心細いが、さらに「その羊のあとを追う羊のよう」では、なんとも心細い。

カフカはこんなふうに、「山のなかで迷ってる羊」のようだというだけですませず、「その羊のあとを追う羊のようなもの」と、さらに押すところが面白い。

通りすぎる路面電車のほうが
もっと生き生きしている

（日記　1913年11月20日）

これは私は実感としてよくわかる。

自分が生き生きしていないとき、他の人が生き生きしていることに、なんだか驚いてしまうし、圧倒されてしまう。ただ、普通に歩いているだけでも。

しかし、「路面電車」という、生きていないものにまで、「生き生きしている」かどうかで負けてしまうところが、さすがカフカだ。

でも、たしかに、駅のホームにぼうっと立っているときに、勢いよく走り込んでくる電車の風圧と音に、何か獣《けもの》じみた迫力を感じることはある。自分よりずっと生き生きしたものへの怖れと憧憬《しょうけい》……。

眠っているうちに夢を見失った

（日記 1913年11月24日）

普通は眠っているときに夢を見るのだが、カフカは眠っているうちに夢を見失う。眠りは見たい夢を見せてくれるわけではないし、前に見た夢のつづきをまた見せてくれるとも限らないから、そういう意味では、眠っているうちに夢を見失うことも、たしかにあるだろう。

でも、なんだか、夢というものの不思議さを、いっそう感じさせてくれる句だ。

晴れた朝、血液の温かさ

（日記　1913年12月19日）

カフカにしては珍しく、爽《さわ》やかな句だ。

晴れた朝の気持ちよさが、「血液の温かさ」という言葉で、体の実感として伝わってくる。

朝の情景を詠んだ俳句としては、私は松尾芭蕉の

朝茶飲む僧静かなり菊の花

というのが好きだが、このカフカの言葉も晴れた朝にはよく思い出される。

わたしは傷つき、ずっと傷ついたまま

（日記 1914年1月23日）

傷ついても、だんだん治っていくこともある。
しかし、傷ついて、ずっと傷ついたままのこともある。
心も、体も。

有害なものはすべて、わたしの手に
かかるとますます力を強める

（日記　1914年3月9日）

たとえばお酒。ほどほどに飲める人もいれば、溺れてしまう人もいる。

たとえば煙草。やめられないだけでなく、どんどん本数が増えていく人もいる。

たとえばギャンブル。ほどほどに楽しめる人もいれば、身を滅ぼす人もいる。

もともとの有害さを、自分でさらに強めてしまうタイプの人がいる。

カフカはとても摂生《せっせい》していたから、お酒も煙草もやらないし、ギャンブルもしない。しかしそれでも、たとえば、ひきこもったり、落ち込んだりといった行為の持つ有害さを、さらに強めてしまうほうだったのだろう。

いったん座《すわ》りこんだ場所に
抗《あらが》いようもなく縛《しば》りつけられる

（日記 1914年3月9日）

定年後、家にいて何もする気が起きず、同じ場所にずっと座っているようになったら、そこの畳が黒ずんでしまったという話を聞いたことがある。

人は同じ場所でじっとしているのが苦痛であると同時に、いったんある場所に留まると、もうそこを動きたくないという気持ちにもなるようだ。

とりあえず、そこでなんとか生きていけるのである。幸福であればもちろん、不幸であったとしても、とりあえず自分の居場所があるのだから、そこから動くことにはリスクがある。

現状維持したい、変化がきらい、面倒くさいというのは、人間の基本的な性質とも言えるだろう。

カフカは「いったん座りこんだ場所に抗いようもなく縛りつけられる」理由を、「ぼくの生き方の単調さ、規則正しさ、快適さ、そして依存性」と書いている。

永遠のよるべなさ

（日記　1914年3月15日）

別の日の日記には「完全なよるべなさの感情」とも書いている（1921年10月30日）。

私も「よるべなさ」をいつもとても強く感じる。なぜそんなによるべなさを感じるのか、自分でもよくわからない。

よるべない子どもたちが出てくる映画などは、たまらない気持ちで見てしまう。たとえば『動くな、死ね、甦《よみがえ》れ！』とか『狩人《かりゅうど》の夜』とか。子どもは、自分たちだけでは生きていけないから、よるべないと、なおさらつらい。

夕方、散歩に出たりすると、薄暗い町のなかで、あちこちの家に灯《あか》りがつき始める。そのどの家、どの灯りも、自分を受け入れてはくれない。家に入っていったりしたら、逮捕されてしまう。こんなにたくさんの家が、灯りがあるのに、そこには人がいて、あたたかそうなのに、自分とは無縁なのだ。だんだん、自分の家などどこにもないような気がしてくる。このまま散歩しつづけるしかなく、帰る場所はないような気がしてくる。どきどきしながら、自分の家の前まで戻ってきて、窓を見上げて、本当にここに入っていけるのかと心配になる。よるべなさは、つらい。

ただ自分のことだけを悲しんでいる

（日記 1914年7月23日）

カフカはフェリーツェという女性と二度婚約し、二度婚約解消した。その一度目の婚約解消のあとの句だ。

フェリーツェのことも気にするべきだし、両家の人たちのことや、関係者のことも気にするべきだろうが、カフカは「ただ自分のことだけを悲しんでいる」と書いている。

石川啄木の『一握《いちあく》の砂』のこの短歌が思い出される。

その膝《ひざ》に枕しつつも
我がこころ
思ひしはみな我のことなり

啄木はこういうことを詠むから、人でなしと言われたりしてしまうが、エゴイズムをここまで正直に書くことには、やはり感動がある。

カフカの場合は、エゴというより、自己否定の気持ちと思われるが。

静かに生きたいのではなく、
静かに滅んでいきたい

（日記 1914年7月28日）

夏目漱石の詠んだ有名な俳句に、こういうのがある。

菫《すみれ》ほどな小さき人に生まれたし

このように、ひっそりと目立たずに生きていきたいという思いを持つ人は、多くはないかもしれないが、少なくもないだろう。

しかし、「静かに滅んでいきたい」という人は、少ないのではないだろうか。

花で言えば、静かに咲きたいのではなく、静かに枯れていきたいということだ。

「静かに滅んでいきたい」ために「人を避ける」とカフカは書いている。

わたしの耳にひしひしと迫ってくる孤独

（『カルダ鉄道の思い出』）

孤独を表現するときに、「耳にひしひしと迫ってくる」というのは、かなり珍しいように思う。

シーンとして、人の気配がないということだろうか。

カフカは音にとても敏感だった。過敏だったと言ってもいい。騒音に苦しんで、「この世から、大量の騒音が消えてくれさえしたら」と友人への手紙に書いたりしている。

と思うと、こういう句もある。

静かになったとたん、もう静かすぎる

（日記 1922年1月20日）

シーンとしすぎるのもまた気になるということか、孤独すぎるのもつらいということか。

尾崎放哉《ほうさい》の有名な句「咳《せき》をしても一人」も、考えてみると、音と孤独の句かもしれない。

たぶんわたしは心配しすぎて
破滅するようにできている

（日記 1914年9月13日）

心配というのは、どんどんふくれあがってしまいやすい。なにしろ、心配の種はいくらでもあるし、どの種にもどんどん育っていく力がある。雑草のように、いつの間にか心の庭を埋めつくしてしまいかねない。「心配してもしかたない」と、心配をストップできる人もいるが、一方で、ストップどころか、どこまでも加速させてしまう人もいるわけで、カフカは後者なのだろう。私も心配性なので、とてもよくわかる。

カフカには、こういう句もある。

わたしは破滅する。こうも無意味にこうも不必要に破滅するとは
（日記　1915年5月27日）

同じ破滅するのでも、それなりの意義があればまだしも、無意味に、しかも不必要に破滅するというのは、なんともきつい。

心配で破滅してしまうのは、まさにそうした破滅のひとつと言えるだろう。

ときおり
体が八つ裂きになりそうな不幸を感じる

（日記　1915年3月13日）

わかる！　という人も多いだろう。

「ときおり」というのが、またいい。

何か大きな不幸があったときに、というのではなく、基本的に不幸であり、そのなかで、「ときおり」、波打つように、大きな波がやってきて、「体が八つ裂きになりそうな不幸を感じる」のだ。

不幸な人間も、ずっと嘆きつづけることはできないが（体力的にも）、嘆きつづけないことも無理で、けっきょく波打つことになる。大きな波は耐えがたい。

カフカには、こういう句もある。

不幸の馬車を引っぱって行くように定められている

（日記　１９１４年12月5日）

馬のように馬車を引かされるだけでも不幸だが、さらに「不幸の馬車」なのだ。

外にあふれ出ることを許されぬままに
内部を焼きつくす火の不幸

（日記 1915年11月5日）

ある情熱を感じることがある。

何かをしてみたいと思う。できるような気がする。しかし、何かの事情で実行できない。あるいは、何の事情もないのに、なぜか実行できない。

外にあふれ出ることが許されなかった情熱は、心の内部を焼いてしまう。せっかくの情熱なのに、自分を傷つけるだけになってしまう。

これは不幸なことだろう。

参加できたのは無意味なことばかり

（日記　1921年10月25日）

人生で、どんなことに参加できたか、ということだ。

カフカは「法律の勉強、役所仕事、その後、ちょっとした庭いじりとか、指物作《さしもの》りなどの無意味な付録」とつづけている。大学で法律の勉強をしたが、それは父親から押しつけられたもので、自分の希望ではない。役所の仕事も、やりたい仕事ではなかった。生活のためにしかたなくで、「パンのための仕事」と呼んでいた。あとは、庭いじりとか指物作りなどの趣味くらいで、「無意味な付録」と言っている。

参加したいと思うこと、あるいは、参加することに意義のあることには、人生で参加できなかったと嘆いている。ただ、それはカフカ自身がいろいろ拒否したためでもある。それも自分でよくわかっている。

私は20歳で難病になって、何にも参加できなくなり、手術後に社会復帰しようとしたときも、なかなか参加できなかった。闘病しか人生になかった期間も長い。だから、この句はとてもしみる。

ゲーテがこんなものすごいことを言っている。

「人生には二つのことしかない。やりたいが、できない。できるが、やりたくない」

人間の体のくっきりとした輪郭《りんかく》が怖ろしい

（日記　1921年10月30日）

カフカは、炭坑のカナリアのような人なので、他の誰もまだ不安や怖れや絶望を感じないことでも、真っ先にそれを感じる。

それにしても、「人間の体のくっきりとした輪郭が怖ろしい」にはびっくりした！

人間の輪郭に怖ろしさを感じたことのある人がいるだろうか？

それはどんな怖ろしさなのか？

人間とその他のものが、はっきりと区切られていることが怖ろしいということなのか？

それとも、自分というものが、自分の肉体だけに限定されてしまっているのが、怖ろしいということなのか？

私には正直、意味がわからない。

しかし、とても印象的で、心に残る句だ。

わかる人もいるだろうから、載せておく。

虫歯の穴が大きくなるような発展しか
人生になかった

（日記 1922年1月23日）

わかるのが悲しい……。

病院か自宅のベッドでずっと寝ていた20代、30代、社会に出ていろいろなことを学び経験し成長していく同年代の若者たちの姿がとてもまぶしかった。私にはそういう発展はなかった。あるのは病気だけだった。

虫歯の穴が大きくなるのも、発展と言えば発展かもしれない。とくに虫歯菌にとっては。でも、歯がなくなれば、虫歯菌も生きていられない。だから、自滅への道でもある。

真実は、肉体の苦痛だけだ

（日記　1922年2月1日）

寺山修司にもこういう言葉がある（『長篇叙事詩　地獄篇』思潮社）。

「苦痛」こそはまさに、絶対。

寺山修司は大学生のときから病気をして苦しんでいた。経験から出た言葉なので、さすがに重みがある。

カフカのこの言葉も、亡くなる2年前のもので、もう結核になっていた。もっとも、カフカの場合は、病気になる前から、こういうことを言いそうだが。

「おれは苦痛に耐えられる」という人もいるが、健康な人が体験してきた痛みというのは、じつはけっこう範囲が限られている。もっと激しい痛さという、痛みのレベルの高さは予想しているだろうが、まったく別の種類の痛みがあるということは、わかっていない人が多い。たとえば打撲《だぼく》の痛みと歯痛とはちがうように、まだまだ知らない、ちがう種類の痛みがあるのだ。それを知ったときの驚きと恐怖……。とても耐えがたい種類の痛みもある。そして、痛みはまぎれもない真実であり、絶対だ。

快適だと何もせず、
快適でないと何もできない

（日記　1922年2月14日）

これは「わかる！」という人が多いだろう。

たとえば、暑かったり寒かったりすると苦しくて何もできないが、冷房や暖房で快適になるとくつろいで寝たりしてしまう。

人は「〇〇だから無理」などともっともな理由をあげて何もしなかったりするが、その理由がなくなっても、じつは何もしなかったりする。

必要以上にいろいろな原因が見出される

（ミレナへの手紙　1920年5月13日頃）

どうしてこんなことになったのだろう？　と原因を考えてみると、どうにもさっぱりわからないこともあれば、あのせいかもしれない、このせいかもしれない、と次々と思い当たることがあって、収拾がつかなくなることもある。

たとえば失敗をくり返さないためには、失敗の原因を見きわめることが大切だが、あまりに原因がたくさんわき出してきたのでは、かえって混乱して、失敗を回避するどころか、失敗が増えてしまいかねない。

しかも、こんなにたくさん原因があるのかと、ますます気持ちがめりこんでしまう。

原因が見つかりすぎて、ああっとなったときには、思い出したい句だ。

自分自身の迷路の中を歩きまわっている

（ミレナへの手紙　1920年5月25日〜29日）

これは、誰しもそうではないだろうか？
自分自身の迷路の中を歩きまわっていない人がいたとしたら、うらやましいことだ。

山頭火の有名な句、

どうしようもないわたしが歩いている

も、やはり自分自身の迷路の中を歩いているのだろう。

夜たちのせい

（ミレナへの手紙　1920年6月6日）

これは山頭火の

おとはしぐれか

に匹敵する短い句と言えるのではないだろうか。
夜は、いくつもの夜は、何かしら人に影響を与えずにはおかない。

足の踏み外しに満ちているこの地上

（ミレナへの手紙 1920年6月9日）

宮古島で、月の出ていない夜に、街灯もない道を歩いていたとき、本当に真っ暗で、自分の足もとさえよく見えなかった。自分の足すら膝《ひざ》から下くらいは闇に消えているのだ。地面はまったく見えない。ただ暗闇だ。そうすると、道があるのはわかっているのに、足を一歩前に出すのもこわかった。

踏んだときにちゃんと地面が支えてくれると思うから、あげた足をおろせるのだ。平気で歩けるのだ。地面が見えないと、あげた足をおろしたとき、地面がなくて、そのまま倒れてしまうような気がしてしまう。

なんでも人生におきかえるのはよくないが、「ああ、自分の人生もこんな暗い道と同じだな」と思った。一歩先に進むのが、不安でしかたない。

実際、この地上は、足の踏み外しに満ちているではないか。

太陽の光が
雲のせいではなく
自分自身で曇った

（ミレナへの手紙　１９２０年７月４日）

また太陽の句だ。そして、また明るくはない。

雲がかかって太陽が翳《かげ》るのはわかるが、そうではなく太陽が自分自身で曇ったというのだ。

理由もないのに、暗くなってしまう心、というような読み方もできるが、本当にそういうことが起きたと想像してみると、不思議な感じがする。

「かつて目にしたことのない自然現象だ」とカフカは書いている。

不安がわたしの最良のものかもしれない

（ミレナへの手紙　１９２０年８月９日）

「不安」という言葉をカフカはどれほど書いているかしれない。日記に手紙に小説に。

こんな句もある。

またしても不安がやってきた。どこから？

（日記 1922年1月23日）

どこからか不安がやってくるのだ。

やってくるだけでなく、カフカはこの手紙の中で「自分自身が不安から成り立っている」と書いている。

そして、「不安がわたしの最良のものかもしれない」というのだ。不安に苦しみながらも、自分の中の不安以外の要素は、不安以下なのだ。とてつもない自己否定。

決してうまくいかないという判決

（ミレナへの手紙　1920年8月13日）

おそろしい判決だが、これが「永遠につづく」とカフカは言う。
こういう句もある。

不可能でありつづけることが証明されつづける

（フェリーツェへの手紙 1913年7月1日）

不可能でありつづけるうえに、それが証明されつづけてしまうのだ。

闇の暖かさのない闇

（ミレナへの手紙　１９２０年10月29日頃）

闇にはどこか暖かさがある。闇の中でまるまっていると、少し落ち着くような、
闇に守られているような、そんな感じがすることもある。
しかし、そんな暖かささえない闇だというのだ。

誰かの腕のなかに倒れたのは、
どうもわたしらしい

（ミレナへの手紙　１９２０年10月１日頃）

誰かが誰かの腕のなかに倒れたらしいのだが、それがどうも自分のようだというのだ。

私は、貧血で倒れたとき、こんな感じがしたことがある。ふと気づくと、受けとめてくれた人の腕のなかにいて、倒れているのは自分なのだ。

ああ、倒れると思って、誰かの腕のなかに倒れることもあるだろう。しかし、倒れるつもりなんかないのに、だから倒れたのは自分ではない誰かのような気がしたのに、じつは自分だったということもあると思う。

わたしの中のふたり。
出かけたがるのと
ひきこもりたがるのと

（ミレナへの手紙　1920年12月2日）

休日に家にじっとしているのはたまらないという人がいる。できることなら、ずっとひきこもっていたいという人もいる。

そして、その両方が、ひとりの人間の中にいることもある。出かけたいし、ひきこもりたいというのは矛盾している。だから、当人も困る。しかし、人間は、けっこう矛盾しているものではないだろうか。

私の中にも、出かけたがるのとひきこもりたがるのと、ふたりいる。

この世の者ではないし、
他の世の者でもないような

（ミレナへの手紙 1923年1月／2月）

自分の居場所になじめる人もいれば、どうしてもなじめなくて、違和感をおぼえつづける人もいる。たとえ、生まれ育った場所であっても。

私の知り合いに、世界中を旅行しつづける人がいるのだが、旅行を始めたきっかけは、日本に違和感をおぼえたからだそうだ。「それで、どこかに違和感をおぼえない場所が見つかりましたか？」と聞くと、まだそんな場所は見つからないそうだ。どこかに自分にぴったりの場所があるというわけでもないようだ。こういう人は、どこにいても違和感をおぼえるのだろう。

この人の書く旅行記は、ものすごく面白い。それはそうだろう。たとえば、学校にすんなりなじめて楽しい学園生活を送っている人の書いた「学校ルポ」が面白いはずはない。面白いルポが書けるのは、学校に違和感を抱いている人のほうだ。旅行して、現地の人たちとすぐに仲良くなれるような人の書いたディープな旅行記より、どこに行ってもなじめなくて違和感をおぼえる人の旅行記のほうが、じつは深いのだ。

カフカも、この世になじめなかった人だ。そして、なじめる別の世があるような気さえしなかった人だ。だから、書くものが面白いのだろう。

ベッドを離れられないと
わかっている人間が抱く幻想

（ミレナへの手紙　1923年11月後半）

難病になって、一生をベッドの中で過ごすことになるのだろう、と思っているときに、この句に出合ったので、とても響いた。

「ベッドを離れられないとわかっている人間が抱く幻想」は、ベッドで寝るのは夜だけで、朝になると元気に出かけていく人間とは、当然、まるでちがっている。

「ベッド」に限らず、何かから一生、離れられないとわかっている人は、それぞれに抱く幻想があるだろう……。

ふたりを隔《へだ》てる衝立《ついたて》が、
今では壁か山脈で、より正確には墓

（日記　1922年1月29日）

これは恋愛についての句だ。

「ふたり」というのは、カフカと、恋人のミレナという女性のこと。

ふたりのあいだには、もともと衝立くらいの障害があったのだが、それが今では壁や山のように、越えられないものとなっているというのだ。さらにすごいのがつづきで、「より正確には墓」。

恋愛でも墓を掘ってしまうカフカだった。

その瞬間、橋の上を
無限の雑踏が通っていった

（『判決』）

これは『判決』という短編小説の最後の一文だ。

どういう状況かと言うと、父親から死刑を宣告された息子が、橋の上まで走ってきて、川に飛び込んだところなのだ。

「その瞬間、橋の上を無限の雑踏が通っていった」

なにか、とてもわかる気がしないだろうか。

いつだって満足するしかない

（『田舎医者』）

本当はAが欲しくても、それが無理なら、Bで満足するしかない。

本当はCになりたくても、それが無理なら、Dで満足するしかない。

本当はEを求めていても、それが無理なら、Fで満足するしかない。

そんなふうにわたしたちは、不満を感じながらも、「いつだって満足するしかない」のかもしれない。

このうえなく不幸な時代の
寒気に丸裸でさらされ

(『田舎医者』)

生まれてくる時代の運不運というのは、すごくあると思う。
戦中や戦後を体験した人たちは、どれほど大変だったか。
高度成長期に働いていた人たちは、充実していたかもしれない。
バブル期に贅沢《ぜいたく》を満喫できた人たちは、楽しかっただろう。
では、今はどうなのだろう……。

わたしの毛皮に、わたしの手が届かない

（『田舎医者』）

暖かい毛皮がある。それは自分のものなのだ。それなのに、手が届かない。

通常、自分のものなら、自分の手が届く。

しかし、ときには、自分のものでも、自分の手が届かないことがある。

自分の健康だって、いったん手放してしまうと、もう自分でも手が届かない。

カフカに『法の前に』というごく短い短編小説がある（『カフカ断片集』拙編訳新潮文庫）。ある門の前にやってきた男が、中に入れてほしいと頼むと、門番は「今はだめだ」と言う。いつかは入れてくれるのかと思い、何日も、何年も、男は待ちつづけた。しかし、いつまでも入れてもらえず、ついに男の命はつきそうになる。最後に男はこう尋ねる。「どうして、この長年のあいだ、わたしのほかにはだれも、入れてくれと頼みに来なかったんだ？」

門番は答える。「この入口はおまえのためだけのものだったんだ」

男は死に、門番は門を閉める。

この門は、その男のためだけのものだったのに、男はついに一生、中に入ることはできなかったのだ。

生きる歓《よろこ》びが強烈な熱気となって
口からあふれ出した

（『断食芸人』）

『断食芸人』という短編小説の最後のほうの文章の一部だ。

断食を芸にしていた断食芸人は、人気が衰えて、見物客がいなくなっても、檻の中で断食をつづけていた。「わたしはうまいと思う食べ物を見つけることができなかった。もし好きな食べ物を見つけていたら、断食で世間を騒がせたりしないで、みんなと同じように、たらふく食べて暮らしたにちがいないんだ」そう言い残して、断食芸人は死ぬ。

断食芸人の死体が片づけられたあと、檻の中には生命力にあふれる豹《ひょう》が入れられる。

この句は、その豹の描写だ。

カフカも、本当はこんな豹のようになりたかったかもしれない。

しかし、実際には断食芸人のようだった。うまく食べることも、うまく生きることもできなかった。強くなることを拒否して、弱くありつづけた。

ある朝、ベッドの中で、虫に変わっていた

（『変身』）

本書では、カフカの言葉をあえて俳句っぽく訳すことはしていない。たとえば、五・七・五に訳したりしていない。

しかし、この文だけは、短くした。本当は「ある朝、不安な夢にうなされて目をさましたグレーゴル・ザムザは、自分がベッドのなかで大きな恐ろしい虫に変わっていることに気づいた」という長い文だ。小説『変身』の冒頭文。

カフカは、たった1行だけの断片作品でも、大きな世界を感じさせる。短い言葉の中に無限がある。

その一方で、どんなに長い長編でも、たったひと言で言い表すことができる。『審判（訴訟）』は「ある朝、何もしていないのに、逮捕された」という話だし、『アメリカ（失踪者）』は「10代の少年がアメリカに行く」話だし、大長編『城』も「どうしても城にたどりつけない」話だ。

大きいけれど小さく、小さいけれど大きいのが、カフカの作品で、そういう意味では、断片作品はもちろん、長編小説さえ、とても俳句的なのではないかと、私は思うのだ。

不正な審判であるわたしが、
うなずいている

（八つ折り判ノートD）

カフカは、自分の右手と左手が闘いを開始したという、面白いことを書いている。その闘いの審判が、カフカ自身なのだ。左手は右手にやられて、殺されてしまうところだったが、カフカがその前に両者の闘いを終わらせて、引き分けにする。

カフカがどういうつもりで、こういうことを書いたかはわからないが、たとえば頭の中で天使と悪魔が闘うというのは、よくある表現だ。どちらも自分なのだ。だが一方は「もうお酒を飲んじゃだめ」などと忠告し、一方は「いいから飲んじゃえよ」などと誘惑したりする。どっちの意見を採用するかは自分次第だが、そこでちゃんと公正に判断できる人はなかなかいないだろう。

自分で自分の審判になるとき、ついつい人は不正な審判になってしまいがちだ。しかも、それでいて、これでいいんだというように、うんうんとうなずいているのだ。

おまえとは無縁のものを
求めてあがくのか？

（青い学習ノート　1916年／1923年）

道端で歌をうたったり演奏したりしている人たちがいる。それが耳に入ってきたとき、ある程度、うまいとほっとする。しかし、あきらかに向いていないと感じることもある。そういうときは、つらい。

自分に向いているか向いていないか、自分にはなかなかわからないものだ。自分のことは客観的に判断しづらいから。

あるいは、わかっていても、あきらめきれないこともある。

もちろん、あきらめないことで、いつか不意にうまくなるようなこともある。絶対にないとは言えない。

しかし、やっぱり、自分とはまったく無縁のものを追い求めてしまっているときもある。

私も、いつも、自分とは無縁のものを求めてあがいているという意識がある。しかし、無縁でないものなど、あるのだろうか？

人間らしい幸福を感じる能力が
もともとないのかもしれない

（フェリーツェへの手紙　1913年7月3日）

つらいことがあっても、落ち込まない人がいる。前向きで明るく、不幸を感じにくいのだ。

一方、いいことがあっても、なかなか気分が上がらない人もいる。幸福を感じにくいのだ。

太宰治がこうも書いている。

駄目な男というものは、幸福を受取るに当ってさえ、下手くそを極《きわ》めるものである。

（「貧の意地」『新釈諸国噺』）

不幸をどう受けとめるかも難しいが、幸福だって、どう受けとめるかは簡単ではない。いいことがあれば、素直に幸福になれる人は、幸福を感じる能力があるということで、それもまた幸福と言える。

自分を生んだ人たちを見るのはおそろしい

（フェリーツェへの手紙　1913年7月7日）

「自分を生んだ人たち」というのは、両親のことだ。

両親が、自分をつくった。

母親と父親の混じったものが自分だ。

自分の中には、父親や母親と似ているところがある。

そう考えてみると、たしかに、「自分を生んだ人たちを見るのはおそろしい」かもしれない。

家族のなかで、他人よりも
もっと他人のように暮らしている

（フェリーツェへの手紙　1913年8月28日）

「家族」という言葉に対するイメージは、人によってずいぶんちがうだろう。安心や安らぎを感じる人もいるだろう。恐怖や痛みを感じる人もいるだろう。

いずれにしても、家族というのは特別な存在だ。愛するにしても、憎むにしても、どうでもいいにしても、やっぱりまったくの他人とはちがう。

しかし、それだけに、わかりあえないことが問題になる。いっしょに暮らしているのに、関係を完全に断ちきることが難しいのに、わかりあえない。

山頭火もこう書いている。「家庭は牢獄だ、とは思わないが、家庭は沙漠《さばく》である、と思わざるをえない。／親は子の心を理解しない、子は親の心を理解しない。夫は妻を、妻は夫を理解しない。兄は弟を、弟は兄を、そして、姉は妹を、妹は姉を理解しない。――理解していない親と子と夫と妻と兄弟と姉妹とが、同じ釜の飯を食い、同じ屋根の下に睡《ねむ》っているのだ」（『砕けた瓦（或る男の手帳から）』青空文庫）

他人よりも難しい関係なだけに、「家族のなかで、他人よりももっと他人のように暮らしている」と感じることもあるのも無理はないだろう。

わたしは人間とは暮らせない

（フェリーツェへの手紙　1913年7月7日）

すごい宣言である。

人間でありながら、人間と暮らせない。

身近に人がいると、その人たちが嫌いなわけではなくても、身近にいるというだけで憎んでしまうと、カフカは書いている。

人はひとりでは生きていけない。

しかし、誰かといっしょでもまた生きていけない人もいる。

人生はただ怖ろしい

（フェリーツェへの手紙　1913年7月7日）

カフカは恋人に、「人生を平凡なものと思ってはいけないよ」と語りかけている。それだけなら、なんだか素敵なことを言っているようだが、つづきがこれなのだ。

「人生はただ怖ろしい」

そしてさらにこう書いている。その怖ろしさを「おそらくぼくは他の誰よりも切実に感じている」と。

先にも書いたように、カフカは炭坑のカナリアのような人なので、他の誰もまだ不安や怖れや絶望を感じないことでも、真っ先にそれを感じる。

そのカナリアの忠告を、決して無視してはいけないだろう。

アメリカの詩人、W・H・オーデンはカフカについてこう語っている。

「彼がそれほどわれわれにとって重要なのは、彼の問題のすべてが、われわれの問題だからである」（ハンス＝ゲルト・コッホ『回想のなかのカフカ　三十七人の証言』吉田仙太郎訳　平凡社）

自分が人生の問題にぶつかったとき、カフカを読むと、坑道のカナリアのように、もう先に苦しんでくれているのだ。

目標はあるが、道はない

（「チューラウ・アフォリズム」）

目標が見つかっても、そこに至る道がなければ、これはなんとも、もどかしい。夢を抱いても、どうやって実現したらいいのかわからないことは多いだろう。好きな人ができても、どうやって近づいたらいいのかわからないこともあるだろう。

どうしていいかわからないとき、この言葉を思い出してみてほしい。

思い出してみても、道が見つかるわけではない。しかし、今の自分の状況が、「まさにこれだ!」と思える言葉になっていることは、なぜか救いになる。心の中の、言葉にならないもやもやが、少しは晴れる気がする。

そして、自分のこの気持ちを、すでに句にしている人がいるのだ。この人は同じ苦しみを感じている。この人は自分の今の気持ちを理解してくれる。そう思えるだけでもすごくちがう。真っ暗な道を、ひとりで歩いていくのと、誰かといっしょなのでは、ぜんぜんちがうように。たとえ、まったく頼りにならない相手であったとしても。

「本には、悲しんでいる人を助ける気持ちなんか、ちっともないとしても、本を読んでいる間は、ぼくは本にしっかりすがりついていられる」とカフカは書いている。

俳句も同じことだ。

あなたの日々を深く
本当に生きているあなた

（ミレナへの手紙　１９２０年7月19日）

カフカは、自分ができないことをできる人に、とても感心する人だった。

勤め先で同僚たちが「おれたちなんて会社の歯車だ」と話していると、「歯車になれるなんてすごい！　ぼくにはとてもなれません」と本気で感心するような人だった。

子どもがこけて、また立ちあがると、「なんて見事に倒れるんだろう、なんて見事に起き上がるんだろう！」と目を輝かせるような人だった。

だから、恋人のミレナに対しても、彼女が自分の日々を深く本当に生きていることに、感嘆したのだろう。

カフカ自身も、きっとそうしたかったにちがいない。

でも、それができないからこそ、こうした句がたくさん生まれたのだ。

●巻末対談

カフカ俳句、俳人の目からは、どう見えますか?

九堂夜想《くどうやそう》(俳人)
×
頭木弘樹《かしらぎひろき》(編訳者)

カフカを俳句として読むって、どうなの？

頭木　私はもともと、カフカの言葉ってどこか俳句や短歌のような感じがするなあと、ずっと思っていたんです。そこに九堂さんから『LOTUS《ロータス》』という俳句雑誌への原稿依頼があって、その依頼文に「カフカの作品は俳句的だと思う」ということが書いてあったんですよね。俳人の方もそう思われるんだなあと、すごくうれしかったです。

九堂　もう10年以上前ですね。『LOTUS』26号で「Transpoetics《トランスポエティクス》 X《エックス》 &俳句」という特集をやりまして、俳句と他のジャンルX《エックス》を比較してお互いを批評的なまなざしで見つめてみたらどうだろうかという企画で、頭木さんにはカフカと俳句の関連性について執筆をお願いさせていただきました。

頭木　もう我が意を得たりという感じで、喜んで書かせていただいたのを覚えています。

九堂　その節はありがとうございました。そのときの頭木さんの文章が非常に平明で、かつ深くて、今となってはかなり貴重な号になっています。

頭木　そのときは、まさか後に『カフカ俳句』という本を出そうとは思ってもみなかったんですが、さらにカフカの翻訳をつづけていくなかで、ますますカフカの言葉が俳句的だという感が強まっていったんです。また、ラジオ番組で種田山頭火を紹介する機会があり、自由律俳句を知っていくと、カフカの言葉は自由律俳句と言ってもいいんじゃないかと、そんなふうに思えてきて。それでこの本に至ったわけなんです。

まず、ズバリおうかがいしたいのですが、カフカの言葉を自由律の俳句として読むということについて、九堂さんはどう思われますか？

九堂　たとえば有名な「鳥籠が鳥を探しにいった」などもそうですが、カフカの短文《フレーズ》はいわゆるアフォリズムとして教訓めいているわけでもなく、かといって完全なる詩でもない。あるいはその両方をはらむというような不思議な在り方をしているように思います。それがカフカ特有のわかりやすい散文調で書かれている。それを自由律俳句的な感覚で読むというのは、とば口としてよろしいかなと。

頭木　とば口というのは、カフカに対しても、俳句に対しても、ということでしょうか？

九堂　そうですね。カフカの短文を俳句として読む。また、カフカのフレーズから俳句を批評のまなざしで見る。そうした相互批評を私自身もかつての「Transpoetics X&俳句」という企画に込めたつもりなので、自分に引きつけた話で恐縮ですけれども、それが今こうして一冊の本となったことに大きな喜びと興奮を覚えています。

短い言葉の中に、大きな世界が

頭木　今回、カフカの言葉を訳すにあたって、俳句っぽく訳すようなことは、しないようにしました。五・七・五に訳すとか、長いものを無理に短くするとか。そういうことは基本的にせずに、カフカが書いたそのままに訳してあります。もともと書いてあるままなのに、それでも俳句として読めるところが、面白さだと思うので。
また、先ほどの「鳥籠が鳥を探しにいった」は、前後の文章のない、本当にこれだけの短い文なのですが、そういうものだけでなく、〝長い文章の一部分だけを取り出して、俳句として味わえないか〟ということもやっています。それについては、どう思われますか？

九堂　そのあたりについては、逆にこちらからお尋ねしたいことがありまして。今回、全部で80句のカフカのフレーズを頭木さんが抽出されたわけですけれども、選ばれた意図みたいなものがあればお聞かせいただければと。

頭木　はい。たとえばカフカの手紙を読んでいて、すごくいい言葉があっても、ぶ厚い全集の中の長い手紙の一節だったりすると、どうしてもさっと読み飛ばしてしまいがちですよね。数秒しか味わわないというか。それはとてももったいないのではないかと。そこだけ取り出して、じっくり味わうことはできないかなって、常々思っていたんです。すごくいいフレーズがあるのに、全体の中の一部として通り過ぎてしまうと。
じゃあ、どうやって一部分だけをじっくり味わうのか？　俳句というかたちで取り出せば、自然とそれができるんじゃないかなと。

もちろん、前後がなかったら意味がわからない言葉も当然たくさんあるわけですが、そこの小さな部分だけで何か大きな世界があるものを選びました。

九堂　仏教に「芥子《けし》、須弥《しゅみ》を容《い》る」という言葉があります。芥子粒のような極めて小さいものも須弥山という極大のものを蔵するというほどの意味で、願わくば自分の俳句にもそれが達成できればと思っているのですが、奇しくも今、頭木さんがおっしゃった「小さな部分だけで何か大きな世界がある」ということを、『LOTUS』に寄稿していただいた文章ですでに書いていらっしゃいましたね。

頭木　あっ、そうでしたか？

九堂　ええ。今、手元に『LOTUS』があるのでその部分を読んでみます。「たしかに、カフカの言葉は詩的であり俳句的であると私自身も感じておりましたし、そう書いたこともあります。この場合の「俳句的」というのは、非常に短い詩的な言葉の内に、大きな世界が感じられるというほどの意味です」と。これはまさに俳句の根幹であり、頭木さんの考えておられるカフカの言葉の根幹と非常に通底していると思います。

それと、今年のカフカ没後一〇〇年で刊行された頭木さん編訳の『カフカ断片集』(新潮文庫)ですが、これには心中に快哉を叫ばずにはいられませんでしたね。さらに今回の『カフカ俳句』、この流れが非常に小気味よいというか。

頭木　ありがとうございます。どんどん短くなっているわけですが。

九堂　俳句は、おそらく今のところ世界一短い詩形式です。言葉というものは、短いフレーズ、あるいは文章からある部分だけを切り出されると、そこに注目が集まる。それは同時に、言葉の持っている力の凝縮度が高まるということでもあるわけですね。そういった言葉の力、詩の力というものを読者に強く印象付けるというのは、それこそ俳句のように短いフレーズの中でこそ効果的なのだと思っています。

俳句っぽいカフカと、カフカっぽい俳句

頭木　解説の中で、主に山頭火と尾崎放哉を比較に取り上げたんですけど、じつは

3人は同世代なんですよね。カフカが1883年の生まれで、山頭火が1882年、尾崎放哉は1885年です。私は気づいていなくて、編集者の方から指摘されて、ああ、そうかと。

九堂　偶然といえばそれまでですが、どこか因縁めいて興味深いですよね。ちなみに解説で、山頭火の「おとはしぐれか」をおそろしく短い句として紹介されていましたが、やはり同時代の大橋裸木《おおはしらぼく》という自由律俳人がさらに短い句を詠んでいるんです。

頭木　えっ、そうなんですか！　どういう句なんでしょう？

九堂　こういう句です。

陽へ病む

たった四音です。太陽に対する人間存在の愛憎とでもいうような病める詩人の感覚ですが、これもどことなくカフカ的というか。

頭木　カフカにも太陽の句がいくつもありますしね。

九堂　山頭火、放哉の時代より後（具体的には昭和の始まり）に「新興俳句」という流れが出てきました。それまでの伝統的な有季定型、花鳥諷詠というものから新たに脱しようというモダニズムの作家あるいはグループがあらわれてくるんですが、私的にはそちらの流れに属する作家たちにカフカ的感覚が散在しているんじゃないかなというふうに思っています。

頭木　たとえばどんな句があるんでしょう？

九堂　「黒い水をかき分けて泳ぐ」というカフカ俳句がありますね。これを読んで即座に思い出した句がありました。鈴木六林男《すずきむりお》という新興俳句系の作家の、

暗闇の眼玉濡らさず泳ぐなり

という句です。この方は第二次世界大戦に従軍して、戦争の闇みたいなものを直接的に体感されているわけですが、そうした中で培われた仄暗い感覚が先のような句を生む土台になっているように思いますね。

頭木　他にも、カフカ80句を読んでいて、思い出された句はありましたか？

九堂　では、カフカ俳句とそれに添えられた頭木さんの解説を読んで、想起された俳句をいくつか。

頭木　はい、ぜひおうかがいしたいです。

九堂　カフカ俳句に「人間の体のくっきりとした輪郭《りんかく》が怖ろしい」というのがありますね。

頭木　正直、意味はよくわからないんですが、何か切実さを感じるものは載せるようにしました。当人の切実さは、すごく感じますよね、これ。

九堂　新興俳句の時代より少し後に活躍した作家で阿部青鞋《あべせいあい》という人がいるんですが、じつは僕が感じているカフカ的感覚に通底するある種の切実さとユーモアを兼ね備えた作家というのが、この阿部青鞋です。この人の作品に、

半円をかきおそろしくなりぬ

という句があって、半円を描くというのは日常の中でも遊戯的な行為としてままあるかなと思うんですが、急にそれが怖ろしくなるという感覚が僕の中ではカフカ

の感覚とリンクするところがあります。

頭木　たしかに、「人間の体のくっきりとした輪郭が怖ろしい」とリンクするものを感じますね。

九堂　また、カフカ俳句に「永遠のよるべなさ」というのがありますが、青鞋にこういう句があります。

　　永遠はコンクリートを混ぜる音か

　意味は明快ですが、どこかザラっとした読後感があります。青鞋は平明な言葉と言い回しで俳句を書くのですが、その視点がかなり独特なんですね。それによって、読者は何かに気づかされたり、たぶらかされたり、驚かされたりするという。

頭木　平明な、簡単な言葉でというところも、カフカと似ていますね。

九堂　それと奇妙な一致というか、カフカの文章に、自分の右手と左手が闘いを開始したというのがありますね。青鞋にもこういう句があるんです。

左手に右手が突如かぶりつく

頭木　ああ。まさに、ですね。

九堂　あと、カフカ俳句には「不安」という言葉が出てきますが、その「不安」という言葉を使った青鞋の俳句に、

小匙より大匙いつも不安なり

という不思議な句があります。これも、はまる人にはすごくはまると思うんですが、やはりというか、あまり万人向けではないですね。それゆえ、阿部青鞋は知る人ぞ知るというふうな存在で単行句集も入手しづらいんですが、数年前に暁光堂という新しい出版社が『阿部青鞋俳句全集』という本を出しました。

頭木　すごく気になります。正直、わからないですけど、なんか惹きつけられますね。ぜひ読んでみます。

九堂　頭木さんも気に入ると思います。ところで、ホルヘ・ルイス・ボルヘスが

「カフカの先駆者たち」という文章で、古今東西、時代や場所を超えて、じつはカフカ的なものが至るところに点在していたという発見を書いていましたね。

頭木　カフカを読むことで、他の人もカフカ的であることに気づかされるんですよね。

九堂　はい。芋づる式じゃないですけれど、何か光るものをひとつ見いだしたときに、それにつながるものが次々と見いだされる。それはもちろん俳句の中にもあり得ると思います。

頭木　他にも気になった句は、おありでしょうか？

九堂　あまりにも有名な『変身』の冒頭「ある朝、ベッドの中で、虫に変わっていた」ですけれども、虫と聞いてあやしく思い出される作品があります。やはり新興俳句系の作家で河原枇杷男《かわはらびわお》という俳人の句に、

或る闇は蟲の形をして哭けり

という作品があるんです。これは枇杷男の代表作として広く知られた句です。

頭木　闇に形がある、しかも虫の形というのは面白いですね。

九堂　また、カフカ俳句の「わたしの中のふたり。出かけたがるのと、ひきこもりたがるのと」に寄せると、野見山朱鳥《のみやまあすか》という俳人にこういう句があります。

双頭の蛇の如くに生き悩み

双頭は、自分の中で思考が二つに分裂していることの比喩ですね。

頭木　やはり二つの考えが自分の中でぶつかり合うということなんでしょうね。

九堂　ちなみに直接俳句に関係しないんですが、カフカ俳句の「この世の者ではないし、他の世の者でもないような」の解説で、「自分の居場所になじめる人もいれば、どうしてもなじめなくて、違和感をおぼえつづける人もいる」と頭木さんが書かれていて、続けて世界中を旅行されている方のお話になりますね。それで、どこかに違和感をおぼえない場所は見つかりましたかって訊くと、まだそんな場所は見つからないと、その旅行者は答える。これを読んで、ある古い格言を思い出しました。中世フランスのスコラ哲学者で、サン・ヴィクトル修道院の院長をやっていたフーゴーという人がいるんですが、この人の言葉に「故郷を甘美に思う者はまだ嘴《くちばし》の黄色い未熟者である。あらゆる場所を故郷と感じられる者はすでにかなりの力を蓄えた者である。しかし全世界を異郷と思う者こそ、完璧な人間である」というのがあるんです。どこの共同体に行っても、常に違和感をおぼえる、常に何か違うなっていう批評の心が芽生える、そういう存在が、たとえば哲学者であり、詩人であり、五・七・五で書いた場合は俳人ということなのかなと。

頭木　芸術は悲鳴のようなものだと萩原朔太郎は言ってますね。「その悲鳴が第三者にきかれたときその人間の生命が救われるのです」と。

九堂　あと、もうひとつだけ。「旅、わたしは知らない」というカフカ俳句についてですが、カフカと同時代の詩人で、ポルトガルにフェルナンド・ペソアという人がいました。このペソアがおもしろいことを言っていて、「私は進歩しない。旅をするのだ」と、カフカとは一見真逆な言葉を残しています。ただ、僕の解釈では、これはほぼ同じことを言っているような気がするんですね。というのは、ペソアという人は、いろんなペンネームを使い分けて作品を発表したんですが、筆名ごとに別人格ではないかというくらいに作品の質が違うっていう不思議な詩人なんです。

僕の見立てでは、このペソアという人は、自分を〈他者〉というふうに考えていたと思うんですね。そして、そのこと自体がもう旅なんです。それはべつに地理的な移動と関係なく、自分が自分であるという違和感自体がすでに旅的な状況ということです。たぶん、カフカも同じ。ずっと自分は〈他者〉だと思っている。自分自身に対して〈他者〉だと。そうした他者的在りようを旅として、彼らは人生を送ったのではないか。

それと、ペソアは「私は進歩しない」と言っている。おそらくカフカもそうだと思うんです。カフカは、早い時期からこの世と感覚的な違和や断絶をおぼえていて、それが彼の作品の特異性になっているわけですが、作家的に進歩しているっていう感じがしないんですね。

ともあれ、私という〈他者〉を生きる。そのこと自体が旅である。その言語表現として「旅、わたしは知らない」というのと「私は進歩しない。旅をするのだ」というのは、ほぼコインの裏表のような感じがするんです。

頭木　たしかに真逆なようで、同じ言葉ですよね。ペソアは私も好きです。いろいろご紹介くださって、ありがとうございました！

ところで、短歌ではカフカ自体を詠んだものがいくつかあると思うんですけれども、俳句でもそういうのはあるのでしょうか？

九堂　僕の師匠は金子兜太《かねことうた》という方なんですが、そのさらに師匠で加藤楸邨《かとうしゅうそん》という俳人がいます。その楸邨に、こういう俳句があります。

カフカ去れ一茶は来れおでん酒

不条理なカフカはどこかへ行ってくれ、小林一茶は来い、一緒におでんでも食いながら一杯やろうやっていう、そういう句ですね。

頭木　なるほど（笑）。

九堂　いろいろな俳人の作品をあげましたが、ぜひ『カフカ俳句』を皮切りに、それこそボルヘスではないですけれども、詩歌の中にもカフカ的な世界の作品が散在しているなと、読者の方に気づいてもらえたらありがたいですね。

カフカと俳句の共通点――壊れやすさ、脆さ、弱さ、儚《はかな》さ

頭木　九堂さんが『LOTUS』への原稿依頼のお手紙をくださったとき、その中に印象的な一節がありました。「俳句形式はその最短詩型ゆえ、ときに「絶望の詩形式」「絶望した者がたどりつく詩型」とも言われます」と書かれていて、とても印象的でした。

九堂　かなり言葉のアヤが過ぎました（笑）。僕自身、絶望の真意というものを、その実、よくわかっていません。ただ、坂口安吾の『堕落論』ではありませんが、絶望という徹底したどん底の観念が、場合によってはその人の人生を後押しするものになり得るのではないかと妄想まがいに思うことはあります。

頭木　カフカも絶望や不安についての言葉が多いのですが、そのあたりは俳句との共通性をお感じになりますか？

九堂　カフカは、マッチョではなくフラジャイル、つまり弱さや儚さ、壊れやすさ

とか、そういうところがまず俳句とのある種の共通点としてあると思います。
それとまた、カフカが感じていた絶望、困難、不安というのは、実のところ言葉にならないものだったと思うんですね。だから、小説として書き始めても到底書き尽くせるものではなかったろうし、物語が終わるとしても、それは主人公が亡くなるか、もしくは未完というかたちをとらざるをえない。
頭木　カフカの小説はほとんどが未完ですからね。
九堂　ひるがえって、俳諧精神を伝える言葉に「言い仰せて何かある」というのがあるんですが、これはすべてを言い切ることの下品さを戒める意味なんです。言いたいことは端的な比喩やレトリックなどに込めて、あえて言い切らないことで内容にふくらみを持たせる。その意味で、カフカの短い言葉には、どこか粋《いき》の精神と通じるものがあるようにも思えます。
頭木　俳句のように短いものは、言い尽くさないことが前提なわけで、未完に終わるカフカにはふさわしいかたちなのかもしれませんね。

俳句の読み方――親（作者）が子（作品）を知るとは限らない

頭木　俳句の読み方についてついて、ぜひおうかがいしたいのですが、今回、私は解説を書くにあたって、カフカがどう書いたのかという説明も入れていますが、それとは別に、カフカとはまったく関係なく、自分がどう読んだか、自分の体験とどう重なり合わさったかということもけっこう書いています。これは、読者にも自分の体験と重ね合わせて読んでほしいと思って、ひとつのサンプルとして、そういう書き方をしたんです。そうするとカフカの意図とは離れた読み方になってしまうんですが、それもありなのかどうか、どう思われますか？

九堂　文学理論の世界では、すでに「テクスト論」が一般化されていますね。テクストを読む、それはいま頭木さんがおっしゃったように、作者の意図を離れて、作品から立ちあがってきたものを読み取るという読み方です。

頭木　堀田季可《ほったきか》さんという、俳人でもあり歌人でもある方の『俳句ミーツ短歌』

（笠間書院）という本に、こういうことが書かれていました。

「私自身はあらゆる文学作品の読みは読者ひとりひとりに委ねられていると思います。作者の自註自解ですら作品の読みとしては正解とは限りません。作品の言葉の深い意味を読み解いた読者の読みのほうがすばらしく、作者の自句自解を聞いたら本当につまらない、ということは歌会や句会でよくあります。だからといって、作品がつまらないわけではない。となると、「わかる」は一人の読み手として解釈できるか、鑑賞できるかということに尽きます。／わかった上でつまらないと思うこともあるでしょうし、作者の言いたいこととは違った解釈をしたとしても「わかる」ことになります」

俳句を作った人が、こういうつもりで作ったというのとは、ぜんぜん別の読み方をしても、それはそれでいいんじゃないかということだと思うんですが、このあたりは九堂さんはどう思われますか？

九堂　今はまだ、伝統文芸の中では書いてある内容がイコール作者の思いというふうに考える方が多いですね。なので、作者が作品のことをいちばんわかっているという思い込みがある。

ただ、堀田さんも書かれているように、作者から離れた、作品自体の声というものがあるわけです。僕はよくそれを親子関係にたとえるんですが、親が自分の子どもをいちばんわかっているとは限らないんです。

頭木　ああ、なるほど。

九堂　たとえばある子どもの様子を何気なく見ていた隣のおじさんが、その親に向かって、親が気付かなかった子どもの素質を傍目《おかめ》八目《はちもく》的に指摘するということがあると思うんですね。同じことが作者－作品－読者の関係にも言えます。ある作品の読みにおいて、作者が考えた意図とは別に、第三者である読者がさらに壮大な読みを展開する場合があるわけです。

作品それ自体が発している声がある。子どもは子どもで、私はこうなりたいと思っている。そういうささやかな声があるわけです。それにちゃんと耳を傾けられる人が、作品であれば読者であるし、人間関係においてはその子どもに対しての先生となる。

とにかく親であれ、作者であれ、作った本人が自分の作品、自分の子どもをいちばんよくわかっているというのは思い込みであり、思い上がりです。作者でさえ、自分の作ったものの正体を見極めることはむずかしい。これはカフカにおいてもそうだと思いますね。

だから、頭木さんの読み方にしても、ひとつのサンプルとおっしゃいましたが、そのとおりで、少し参考にしながら、でもそれにとらわれずに自由に読んだほうがいいと思います。こういう言い方をして申し訳ないですけど。

頭木　いえいえ、おっしゃるとおりだと私も思います。

九堂　何かひとつ取っかかりはあってもいいと思います。たとえば学校教育であれば、先生がいろんな物事の解釈を教えますね。片耳でそれは聞いといて、もう一方の耳はあけておいてぜんぜん違うことを考える、そんな感じでもいいんじゃないかな。とにかくテクストは開かれているものだと。そこに対して、読者が自信を持って、私はこう読んだという創造的読みを進めていき、そこから新しい展開が望めれば、それこそ詩の世界の豊かさということにつながるんだと思います。

頭木　うれしいお言葉ですね。じつは今回、カフカの日記や手紙の日付を全部入れたんですけど、削除しようかなとも迷ったんです。というのは、日付が入っていると、日記や手紙の本を持っている人は、そこを見たくなりますよね。そうすると文脈でとらえてしまう。カフカはこういうつもりで書いたんだからと、意味の取り方が固定されてしまう。それはあんまりいいことではないかなと思ったんです。でもわざわざ不親切にするのも、どうなんだろうと思って、そのままにしました。元の文脈はあるけれども、それを超えて、そこだけ味わうっていうのが今回の趣旨なので、それもありだと九堂さんにもおっしゃっていただけて、ありがたいことです。

九堂　頭木さんは頭木さんなりにカフカ80句を選ばれた。それに対して、僕はまた頭木さんとは異なる読みをする。さらにあたらしい数多の読者が出てくれば、それぞれがまた個別のカフカ俳句の読みを展開していく。そのことの多様性が、この『カフカ俳句』のテクストの豊かさなのだと思います。

イメージのぶつかりあいについて

頭木　あともうひとつ、俳句についておうかがいしたかったのが、イメージのぶつかりあいということなんです。これとこれが同じ句の中に入ってるんだっていう驚きのある俳句、多いと思うんです。通常だとあまり並べない言葉。カフカの言葉も、そういうイメージのぶつかりあいがかなりあると思うんです。そういう意外なイメージのぶつかりあいというのは、やはり俳句にとって大切なんでしょうか？

九堂　そうですね。俳句の書き方には大別して二種類あって、ひとつの物事をズバッと詠む「一句一章」と、二つの物事を取り合わせる「二句一章」があります。今の頭木さんのお話は「二句一章」に相当するかと思いますが、その参考例として芭蕉の著名句をあげましょうか。

荒海や佐渡に横たふ天の川

上五で五音のフレーズを持ってきて、次に続く七・五の音ではまた別な展開をするという、そのイメージのぶつかりあい。これは「二物配合」「二物衝撃」という言い方をしますが、この手法は、二物が異質なものであればあるほど衝撃度が高まりスパークします。

ただこれもバランス感覚が問われるところで、たとえば食べ物で言うところの食い合わせってありますよね。合うときは絶妙の味わいですが外すとすごくまずいわけです。たとえば生ハムにメロン、あれはおいしいと感じられるほうですか？

頭木　私は好きですね。

九堂　あれ、逆に苦手な方もいますよね。

頭木　いますね。絶対に許せないっていう人もいますね。

九堂　そうそう、別々に食べたいと（笑）。やはり言葉に関しても、「二物衝撃」における異質な取り合わせが、これはすごく響きあっているという場合と、いや、これまったくかけ合わせのよさがわからないんだけどっていうのは当然あって。

カフカもそうですが、唐突な言葉やイメージがいきなり出てきたりすると、そこでちょっと面食らうというか、理解を得られない場合が多いですよね。ただ、詩の役割というのは、ものわかりのよい顔で人に近づくことではなく、ある種の発見や驚き、または錯乱へとみちびくことだと思います。比喩的な言い方をすれば、読者の目の前にいきなり天国を突きつけてもいいし地獄を突きつけてもいい。とにかく、読者の前にそれまで見たこともないものを提示する。そういうインパクトを与えるという意味では、詩の手法として、イメージのぶつかりあいや異質なものの取り合わせというのは、ひとつの有効なやり方だと思いますね。

俳句は世界一読むことに時間のかかる詩

頭木　九堂さんご自身の句で、今回のカフカ俳句と響き合うようなものが、もしおありでしたら、ご紹介いただけないでしょうか？

九堂　以前、『LOTUS』に掲載した俳句の中から、頭木さんがご自身のブログで紹介してくださった句がありましたね。

頭木　ああ、はい、この句ですね。

湖《うみ》の死や未明を耳の咲くことの

九堂　この句には「耳」が出てきますが、カフカは聞くということを非常に重要視していた人ですよね。これも俳句と通底するところだと思うんです。現代詩や小説などの言葉数を多く使うジャンルは強い声で大きく主張することに秀でた形式かと思うんですが、それに比べると俳句はまったく真逆で、どこから来るのか、誰のものなのか、まったくわからないささやかな声に耳を澄ます。そして、そこからささやかな物語を引き出す。ある物語をしかと聞くための耳を持つには長い時間が必要だっていうことをカフカは手紙で書いていたと思います。

また、俳句というのは世界一読むことに時間のかかる詩だと思っています。しっかりと受容するまで、数日、数年、数百年……どれほどかかるかわからない。その分、いつまでも読む人の気を惹きつける。永遠のロングセラーのように。カフカの著作なんかも、そんな在り方だと思うんですね。決して大きな作品ではないのに今でも読まれている。つまり現在もひそかに耳を傾けている読者がいるということです。他のいろんな大作家が数いる中で、カフカのささやかな作品たちに耳を傾ける人がいつもいる。おそらく、これからもそうした読者は存続するでしょう。

俳句も、もちろん一読してストンと意味がわかるものもあるんですが、僕の考える、または目指す俳句は、多様な読みをうながす作品です。それは、おかしくもあり、悲しくもある。戦争の俳句だと思えばそうとも読めるし、恋愛の俳句だと思えばそうとも読める。旅の俳句だと思えば、家族俳句だと読めなくもない。ただ、どこにも着地はしない。何なんだろうこれはっていう永遠の謎を残すような、とにかく読むのにすごく時間のかかる作品というのが良質な俳句なのかなと思います。

頭木　九堂さんのこの句の意味をうかがいたかったんですが、それもやはり永遠の謎ということでしょうか？

九堂　ああ、そうでしたね（笑）。自作の読みを聞かれるのはかまわないんですが、自分で自分の作った句をじつはよくわかっていないんです。というのは、自分の中ですでに解決のついているテーマはわざわざ表現する必要がないと思っているからなんですが。

まず「湖の死」というものがある。どのような湖だったのか。なぜ、湖は滅んだのか。わからない。そこへ、ある「未明」、静かにいくつもの「耳」たちが寄り集まってくる。死んだ湖の声を聞き取り、そこからささやかな物語を紡ごうとしているのか。あるいは……。と、まあ、そうした状況を「未明を耳の咲くことの」というふうに表現したんですが、えもいわれぬ悲哀の実感をおぼえながらも、そのことによって僕が何をあらわそうとしたのかというのは、僕自身もよくわからないんですよ。だから僕も、この作品における永遠の読者なんです。

最後に

頭木　最後に、この本の読者のみなさんに向けて、カフカあるいは俳句の読み方、受けとめ方について、たとえばこんなふうにしてみてはどうかということがありましたら、お教えいただけるとありがたいです。

九堂　はい。解説で頭木さんが山頭火、放哉を出されているので、たとえば右手に『カフカ俳句』を、左手に山頭火、放哉の句集を置いて、交互に読み比べてみるというのも面白いかもしれません。さしずめトランスポエティクスならぬトランスリーディングといったところでしょうか。

また、カフカ俳句に「自分自身の迷路の中を歩きまわっている」という句がありましたが、それこそカフカの世界、俳句の世界、そして自分自身の世界を、トータルの壮大な迷路として楽しく散歩するような気持ちで気長に読んでいただければよろしいかなと思いますね。

頭木　ありがとうございました。

私からも読者の方に最後にひとこと言わせていただくと、まずはこの本を手にとってくださって、ありがとうございます。カフカへの興味からか、俳句への興味からか、あるいはどちらでもなくかもしれませんが、とにかく、なんとなくでも、面白そうと思っていただけたとしたら、とても嬉しいです。一読して、もしかすると、ぜんぜん心に響かないかもしれません。でも、人生で何かあったときに、「そういえば、こういうことを詠んだ句があったな」と思い出していただけるかもしれません。そして、本棚からこの本を取り出して（まだ置いてあればですが）、あらためてその句を読んでみたときには、今度は、心にしみるものがあるかもしれません。私自身は、カフカの言葉をそんなふうにして長年、読んできました。

みなさまにも、カフカに、俳句に、あのときふれておいてよかったと思っていただけたら、とてもうれしいことです。

（2024年8月）

九堂夜想
俳人。1970年、青森県生まれ。98年、金子兜太の「海程」入会。2003年、「海程」新人賞受賞。04年、俳句同人誌『LOTUS』創刊に参加。06年、第二回芝不器男俳句新人賞にて齋藤愼爾奨励賞を受賞。09年、若手俳人アンソロジー『新撰21』（邑書林）に入集。19年、句集『アラベスク』（六花書林）刊行。『LOTUS』編集人。

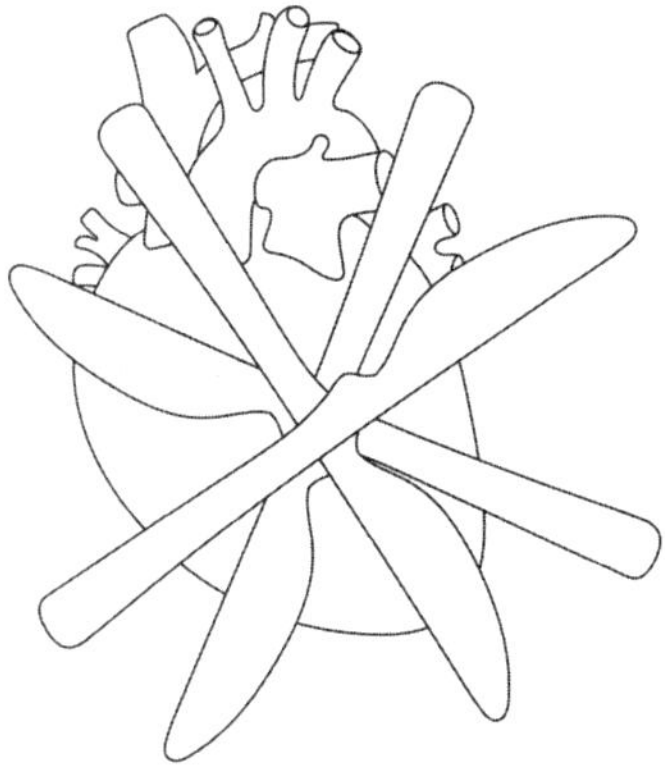

本書は書き下ろしです。

頭木弘樹
文学紹介者。筑波大学卒。大学3年の20歳のときに難病になり、13年間の闘病生活を送る。そのときにカフカの言葉が救いとなった経験から『絶望名人カフカの人生論』（新潮文庫）を編訳。その後、さまざまなジャンルの本を執筆している。カフカ関連の本に『絶望名人カフカ×希望名人ゲーテ』（草思社文庫）、『カフカはなぜ自殺しなかったのか？』（春秋社）、『決定版カフカ短編集』『カフカ断片集』（新潮文庫）など。NHK「ラジオ深夜便」の『絶望名言』のコーナーに出演中。

カフカ俳句《はいく》　二〇二四年一一月二五日　初版発行

著者　フランツ・カフカ／編訳　頭木《かしらぎ》弘樹《ひろき》／発行者　安部順一／発行所　中央公論新社

〒一〇〇-八一五二　東京都千代田区大手町一-七-一

電話　販売〇三-五二九九-一七三〇／編集〇三-五二九九-一七四〇／URL https://www.chuko.co.jp/

DTP　嵐下英治／印刷　TOPPANクロレ／製本　大口製本印刷

Published by CHUOKORON-SHINSHA, INC.　Printed in Japan　ISBN978-4-12-005854-7 C0095

定価はカバーに表示してあります。落丁本・乱丁本はお手数ですが小社販売部宛お送り下さい。送料小社負担にてお取り替えいたします。